おじいちゃんの
ごくらくごくらく

西本鶏介／作　長谷川義史／絵

ぼくの　いえは　おとうさんと　おかあさんと
おじいちゃんの　よにんかぞくです。
おばあちゃんは　ぼくが　うまれる　ずっと　まえに
なくなりました。

おとうさんも　おかあさんも　おつとめを　しているので、
ぼくは　いつも　おじいちゃんと　いっしょです。
えんに　でかけるときも　かえるときも
バスの　とまるところまで　きてくれます。
「ゆうたくんの　おじいちゃんは　おかあさんみたいだ」
と　みんなに　いわれるけど、ぼくは　へいきです。
だって　おじいちゃんが　だいすきだもの。

おじいちゃんは　わかいとき　だいくさんでした。
だから　ぼくの　おもちゃは　ぜんぶ
おじいちゃんが　つくったものです。
きの　きかんしゃだって　ゴムの　ちからで
ちゃんと　はしることが　できます。
「ゆうたの　おもちゃは　せかいに　ひとつしかないものだよ」
おじいちゃんに　いわれると　ぼくまで　うれしくなります。

おふろに　はいるのも　ねるのも
ぼくは　おじいちゃんと　いっしょです。
「きょうは　おとうさんと　おふろに　はいろ」
と　いわれても、
「おかあさんの　おふとんで　ねましょ」
と　いわれても、
ぼくは　おじいちゃんの　そばから　はなれません。

おじいちゃんは　おふろに　つかるとき、くちぐせみたいに
「ごくらく　ごくらく」と　いいます。
「ごくらくって　なに？」って　たずねたら
「しあわせな　きもちに　なることだよ」
と　おしえてくれました。
ぼくも　おじいちゃんの　まねを　して
「ごくらく　ごくらく」
と　いったら　こころの　なかまで　あたたかくなりました。

「こんどの　おやすみが　きたら、
ゆうたと　ふたりで　やまの　おんせんに　いこうか」
おじいちゃんが　いいました。
おんせんは　プールみたいな　おふろで
いわの　なかから　やすみなく　おゆが　でてきます。
きょねんの　なつやすみに　かぞくで　うみの　ちかくの
おんせんへ　でかけたとき、いちばん　よろこんだのは
おじいちゃんでした。

「いく　いく！」

ぼくは　とびあがって　さけびました。

「まわりは　ゆきが　つもっていて

おゆの　なかまで　ゆきが　ふってくるんだぞ」

「そんなら　おさるさんも　はいりに　くるの」

ぼくは　いつか　テレビで　みた　おんせんに

つかっている　おさるさんの　ことを　おもいだしました。

「もしかしたらな…」

おじいちゃんが　いいました。

でも、おんせんいきは　ちゅうしに　なりました。
おじいちゃんの　こしが　きゅうに　いたくなったからです。
おとうさんの　くるまで　びょういんへ　つれていったら、
おいしゃさんが
「くわしく　しらべるので　にゅういんしてもらいます」
と　いいました。
「ごめんな　ごめんな」
かえりの　くるまの　なかで
おじいちゃんは　なんども
ぼくに　あやまりました。

にゅういんの　まえの　ひ、ぼくは　おかあさんに
たのんで　ゆうめいな　おんせんの　おゆに　なる　こなを
かってもらい、ゆぶねの　なかへ　まきました。
しろく　にごった　おゆは　まるで
ほんとうの　おんせんのように　みえました。
おとうさんが　だきかかえ、ぼくも　あしを　もちあげ、
おじいちゃんを　ゆぶねに　いれてあげました。

まどの　そとを　みると、

いつのまにか　ゆきが　ふっていました。

「さんにんで　やまの　おんせんに　はいってるみたいだ」

おとうさんが　わらいました。

ぼくは　おじいちゃんの　こしを　さすってあげながら

「ごくらく　ごくらく」

と　いいました。

すると、おじいちゃんは　つむっていた　めを　あけ、

「ごくらく　ごくらく」

と　つぶやきました。

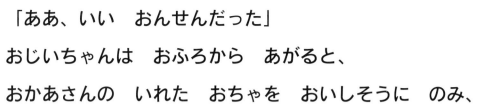

「ああ、いい　おんせんだった」
おじいちゃんは　おふろから　あがると、
おかあさんの　いれた　おちゃを　おいしそうに　のみ、
「ごくらく　ごくらく」
と　てを　あわせました。
「おふろの　なかじゃ　ないのに」
ぼくが　いったら　おじいちゃんは
うんうんと　うなずきながら
「ごくらく　ごくらく」
を　くりかえしました。

　　　おじいちゃんが　にゅういんする　ひは
ゆきが　つもっていて　にわも　どうろも
まっしろです。くるまの　シート（しーと）へ
よこに　なった　おじいちゃんが　いいました。
「おじいちゃんが　いなくても　だいじょうぶかな」
「だいじょうぶ。でも　はやく　かえってきて…」
「ああ、げんきに　なって　すぐ　もどってくる」
そう　いって　おじいちゃんは　ぼくの　てを　しっかり
にぎってくれました。

げんきに　なって　もどってくると　いったのに、
おじいちゃんは　びょういんから
ほとけさまの　くにへ　いってしまいました。
こしが　いたくなったのは　わるい　びょうきの　せいだったのです。
おじいちゃんと　おわかれの　ひ、ぼくが　ないていると、
おかあさんが　ぼくを　だきしめて　いいました。
「もう　なくのは　およし。
おじいちゃんは　ほとけさまの　くにでも
『ごくらく　ごくらく』と　いって　くらしているよ」

ぼくは　おとうさんと　いっしょに　おふろへ　はいるときも、
おかあさんと　いっしょに　はいるときも、
おゆに　つかると、おじいちゃんの　まねを　して
「ごくらく　ごくらく」と　いいます。
すると、おじいちゃんの　やさしい　かおが　うかんできて、
ちょっと　かなしいけど、
とても　しあわせな　きもちに　なれます。

作家・西本鶏介
にしもとけいすけ

奈良県生まれ。昭和女子大学名誉教授。児童
文学評論、創作、民話研究と、幅広く活躍。
著作に『上手に童話を書くための本』、絵本
に『ぼくおばあちゃんのこになってあげる』
『はいくのえほん』『ことわざのえほん』(い
ずれも鈴木出版)など多数。

画家・長谷川義史
はせがわよしふみ

大阪府生まれ。絵本作品に『スモウマン』
(講談社)『おたまさんのおかいさん』(解放
出版社)『おじいちゃんのおじいちゃんのお
じいちゃんのおじいちゃん』(BL出版)『ね
えねえ』(鈴木出版)、挿絵に『忍者図鑑』
(ブロンズ新社)など多数ある。

おじいちゃんの ごくらく ごくらく　　　　　　　　　　作／西本鶏介　絵／長谷川義史

2006年2月1日初版第1刷発行　2011年3月15日第11刷発行
発行者／鈴木雄善
発行所／鈴木出版株式会社　〒113-0021 東京都文京区本駒込6-4-21　電話03(3945)6611　FAX03(3945)6616
振替00110-0-34090　http://www.suzuki-syuppan.co.jp/
印刷所／株式会社サンニチ印刷　製本所／大村製本株式会社

●このシリーズは、月刊絵本「こどものくに」(日仏保／編)
の中で、特に評価の高い作品を選んでお届けするものです。

ISBN978-4-7902-5141-5　NDC 913／26.3×21.3cm　　　　　　　　　　　ⓒ Keisuke Nishimoto, Yoshifumi Hasegawa 2006 Printed in Japan.
●乱丁・落丁本がありましたらお取り替えします。／定価はカバーに表示してあります。